KB137915

밥 그리고 침대

밥 그리고 침대

발 행 | 2017년 12월 25일

지은이 | 전여운
펴낸이 | 신중현
펴낸곳 | 도서출판 학이사
출판등록 : 제25100-2005-28호
주소 : 대구광역시 달서구 문화회관11안길 22-1(장동)
전화 : (053) 554~3431, 3432
팩스 : (053) 554~3433
홈페이지 : http : // www.학이사.kr
이메일 : hes3431@naver.com

ISBN _ 979-11-5854-115-6 03810

이 도서의 국립중앙도서관 출판예정도서목록(CIP)은 e-CIP 홈페이지(http://seoji.nl.go.kr)와 (http://www.nl.go.kr/kolisnet)에서 이용하실 수 있습니다.(CIP제어번호: CIP2017034945)

전여운 시집

밥 그리고 침대

學而思 | 학이사

자서

당신이 지나간 자리
시집 한 권 묶어
긴 긴 밤 잠들지 못한
너의 눈물 한 방울
닦아주고 싶었다
겨울 아침
뜨뜻한 유자차 한 잔 마시면서
거울처럼 마주 보며 웃고 싶었다
아, 이슬에 젖는 밤이 오면
달과 별과 악수하고 싶었다
호탕하게 웃다가
밤새도록 허물없이 부둥켜안고

오늘 이 시집 당신 손에 쥐여 드리고 싶다

2017년 12월
전여운

차례

2. 버려진 고무신

3. 우리가 피곤한 까닭은

4. 밥 그리고 침대

1

끄응

새벽, 누우 떼처럼

시화공단 삼거리 새벽 풍경은
누우 떼 마른 울음 낮게 깔리는 세렝게티 평원을 방불케 한다
우르르 쏟아지는 회색의 노동자들
초점 잃은 멍한 눈 앞사람 꽁무니를 좇아간다

방조제防潮堤 너머로 갯내음 따라오면
되새김질하던 늙은 누우 기억된 신음처럼
물안개 따라 젖어 드는 고향 생각
밤새 퍼 올린 술에 퉁퉁 불은 얼굴
서로 안부를 주고받는다

초원의 검은 행렬인 양 길게 늘어진 그림자
묵묵히 땅만 보고 걷는 노동자들
온종일 서서 밤샘작업까지 하여도
주머니 속 캄캄한 어둠은 가시지 않고

새끼 잃을 걱정도
어미 잃을 걱정도 잊은 채

앞선 놈 꼬리 물고 죽자사자 달려가는 누우 떼처럼
고향땅 밟을 생각으로 앞만 보고 가는
힘없는 발자국들 스모그에 묻히지만

어둠이 걷혀가는 시화공단 새벽녘
먹먹한 그리움만 불새처럼 떠오른다

끄응

수시로 고래 잡으러 가자던 호탕한 농담은
긴 침묵 속으로 던져 버리신 아버지
머언 항해를 준비하시며
닻을 내린 지 삼 년
하얀 포말처럼 말린 시트 위에서
가끔 고래울음을 토하신다

끄응

서둘러 검은 아랫도리에 감춰둔
당신의 고래를 건져 올리면
부끄러운 듯 잠시 뒤척이다 숨어버리고
바닷속을 뒤집는 해일이 덮칠 때에도
굳건히 견뎌내던 우람한 돛대,
그 당당함은 전설 속으로 묻혀버린다

이젠 그 누구도 곁눈질하지 않는 그 모습에
누가 훔쳐갈까 쌍심지를 돋우던 어머니의 눈길은
어느새 젖은 그믐달이 되었고

기저귀를 바꾸는 지친 시간 사이로
초점 없는 눈동자에 구름이 스쳐 가면

끄응

또다시 고래울음이 들려온다

마추픽추의 꿈

버스들이 토해내는 시끄러운 방귀소리
이집 저집 쑤셔대며 중턱에서 꽉 찬 배를 움켜쥔다
더 이상 올라갈 수 없다고 퍼질러 앉은 그곳

두 발로 오르면 벌건 대낮에도 노오란 별이 뜨는 백팔십구 계단
덩치 큰 사내라도 만나면 눌린 오징어같이 벽에 바짝 붙어야 지나갈 수 있는 골목,
땟국물 줄줄 흐르는 버리고 싶은 내 단발머리

밤새도록 끙끙거리다 별빛이 사그라질 때쯤
가득 찬 오줌통 비우러 간 공동변소 앞은 벌써 시장통,
어둠 틈타 술주정뱅이들 오줌 갈겼던
허름한 회벽엔 의미 모를 산수화가 그려져 있고
때맞춰 까닭 모를 울음보 터트리는 아이도 있었지

루핑 깐 판자 지붕에서 흐르는 콜타르 냄새가 싫은,
허리도 펴지 못하는 다락방
혼자만의 왕국에서 콧구멍만 한 틈으로

감천 앞, 바다 갈매기에 꿈을 실어 보내곤 했지

첫닭 울기 전,
자갈치 시장 고기 주우러 간 엄마 발자국 소리
중풍으로 쓰러진 아버지 울음 피해
탈출할 수 있는 나이를 손꼽으며
교문 열리기 전에 학교로 냉큼 달아났던

아직도 벗어나지 못한 꿈을 어린 왕자 이야기로 담아내는 곳
생각만 하여도 별빛 눈물 흐르는 내 고향 감천동 *

* 부산 사하구 소재, 한국의 마추픽추라 부르는 곳

봄 몸살

허연 달빛 창문 흔드는 날
사방에 개 짖는 소리
저벅대는 발자국 소리 잇따라 들려
온 밤을 하얗게 지새웠는데

그날 밤
문 흔드는 달빛 깜빡거리더니
또다시 개 짖는 소리 들리고
저벅대는 발자국 소리 점점 멀어졌는데

그다음 날 밤
창백한 달빛 또 한 번 창문을 두드리는데
개 짖는 소리 사라지고
발자국 소리 들리지 않아
아차하고 뛰어 나가보니
텅 빈 골목에는 외등만 졸고 있었습니다

그 그다음 날 새벽
머릿속이 하얗게 비워져 나가보니

그새 달빛보다 먼저
목련이 환하게 웃고 있었습니다

문밖에 서성이는 생生에게

살아가는 동안 주어진 매일每日이 처음이듯
뿌려진 씨앗들이 꿈틀거리는 시간을 위하여
때론 서툴고
때로 용감하며
때로는 비굴하여야겠지

앞서간 이가 남겨진 자들을 위하여 들려줄 수 있는
가장 정직한 것은 숨결
먼저 간 이의 뜨거운 심장이
뒤에 남은 자들을 일으켜 세우듯

생生은
발아發芽를 기다리는 침묵의 시간으로
물러날 수도 방관할 수도 없는
최선을 다해 싸워야 하는 전사戰士들이
마지막에 남기는 유서와도 같은 것

단 하나뿐인 자서전自敍傳을 위하여
기다리는 것은 부끄러운 것이 아니다

기억 너머의 공간 속에

삶을 백지로 던질 순 없으니까

부재론不在論

'오늘도 잘 살아' 하면
너는 발끈하면서
'오늘도 잘 지내' 라고 수정을 한다
'잘 살아' 와 '잘 지내' 는 어떻게 다를까
네가 앉았던 자리에 내가 앉아
내가 앉았던 자리 바라보면 알 수 있을까
너를 향해 글을 쓸 때 무척이나 은밀해지는데
너는 여기에 있지 않고
내가 없는 너의 부재
난 설명할 수 없다

새들이 꼬리를 말고 밤 숲으로 사라지듯
빛을 피해 엉켜있는 그림자는 혼자 있는 것이다
물이 물을 사랑하고
내가 너를 사랑하는 것이
어떤 간절함이 필요할까

참을 수 없는,
어쩔 수 없는 무기력,

강물이 그림자도 없이 제소리 끌고 가듯
없는 곳에서 없는 곳으로
이제 되돌아가는 길이다

어둠 속 길고양이 의심 많은 눈초리로 쳐다보는
너의 부재에 대하여 나는 설명할 수 없다
쇼윈도 마네킹이 의미 없는 시선을 던지는 것과 같이

미스 김 할머니

'남자를 빌려드립니다'
'형광등 교체 하수관 소통 장거리 운전 애인 대행'
'0 * * - 9988 - 9988'
중구 상수도 사업소 앞 네거리에 걸린
플래카드가 우쭐거리며 바람을 즐긴다

아이들에겐 '미스 김 할머니' 라 불리는 큰이모
담장 너머 보이는 댓돌 위엔
번쩍거리는 신사화 한 켤레
때론 창백하리만큼 하얀 남자 고무신
이모 코고무신 옆에 언제나 놓여있었다
동네 사람들 담장이 낮다고
오가다 한마디씩 거들면
그냥 빙긋이 웃으시던 그녀
황태후 같은 외할머니 챙기다 혼기 놓치고
옥다리 논 다섯 마지기 성동 앞 밭 두 마지기 농사
혼자 거뜬하게 지으면서도
툇마루 깜빡거리는 형광등은 어쩌지 못해
산 그림자가 꿈틀거리기만 하면 한숨부터 내쉬며

먼지 쌓인 백고무신 발로 툭 차버리던 큰이모

"세상 참 좋아졌네."
친구 딸 결혼식 보고 돌아오는 길
자꾸만 곁눈질을 보내는 허공엔
'남자를 빌려드립니다'
현수막이 바람을 껴안고 있다

우리 집 백구

낯선 자들이 동네에 얼씬거리기만 하면 컹컹 짖어서
며칠씩이나 집을 비워도 든든하던 백구
은퇴할 나이가 되니
털이 듬성듬성 빠져 볼품도 없고
앞도 제대로 보이질 않아
발발이 같은 작은 잡종개가 덤벼도
꼬리를 말아 넣고 제집 안으로 숨는다

"나중에 나 아프면 어떡할 거야?"
"밥하는 것 정도는 배워놔야 하지 않겠어!"

라면 말고는 평생 요리 한 번 해본 적 없는, 전 아무개 씨
아내 말 한마디 비수처럼 가슴에 박혀
수성문화센터 요리 강좌에 등록하였다

가만히 있어도 땀범벅인 여름날
머리에 잔설殘雪이 내려앉은 남성 십여 명
지글지글 끓는 조리대 앞,

알록달록한 앞치마 두르고
요리 강좌 듣고 있다
삼식이* 새끼는 아니 되어야 한다고

* 퇴직 후 집에서 삼시 세끼 요구하는 남편을 비아냥거리는 말

난청지대

나는 밤마다 해독할 수 없는 모스 부호를 날리고
너는 새벽에 일어나 한 방향으로만 텔레파시를 띄운다

우린,
함께라고 부르기엔 오는 길과 가는 방법이 서로 달라
폭죽이 터지고 숨이 멈출 때
그제야 내 곁에 네가 없다는 걸 알아차린다
널 찾기 위해
난 해와 달과 별들의 노래를 불러보지만
너는 언제나 나의 음정이 닿을 수 없는 곳,
내가 찾을 수 없는 주소를 갖고 있다

이명에 이끌려, 모스 부호로 너에게 가고자 했던 건
내 생애 최대의 실수였다
착각처럼,
나의 손끝이 닿을 수 없는 곳에 네가 있고
영화의 마지막 엔딩 크레디트엔 언제나 너의 눈물,
돌아서는 너에게 할 수 있는 말은 침묵뿐
나는 이미 너무 많은 노래를 불렀지만

널 찾기 위한
해와 달과 별들의 노래는
아직도 모스 부호로 떠돌고 있다
앵앵거리는 소음과 난청지대를 오가며

도심에 묻든 달

만월滿月은 누가 먹어 버렸나
무덤처럼 먹먹한 하늘

비문碑文 한 자 새길 땅 한 평 없는 고향보다
올 추석은
마트에서 산 송편으로 때우고

카톡 카톡 인사하는 바쁜 아이들
저희들의 달을 보고 있을 것 같아

고향을 버린 친구에게
다정한 척 술 한잔하자 할까

10여 년 전 캐나다로 이민 간 권 선생과
세계 여행 떠난 꼬꼬 통닭 김 사장을 생각하며
인터넷 서핑이나 할까

가랑비나 데리고

남산동 대폿집 여주인 인심 좋은 엉덩이에 객쩍은 농이라도 붙여볼까

텅 빈 시내버스는 다리 뻗을 데를 찾아

뒤도 돌아보지 않고 내달리는데

만월 속 비릿한 생각들 축문祝文처럼 번진다

기러기 날다

카톡! 카톡!
아침 문을 열면 떠오르는 얼굴
그리움은 새벽안개처럼 깔리고
보고 싶다는 말 대신에
까꿍 까꿍
이모티콘 날려 보내면
꽃소식 물고 오던 제비 온데간데없고
예닐곱 손가락을 접고도 모자란 동그라미 수두룩이
찍힌다
길어진 수만큼 한숨도 따라오는데
뽀얀 솜털 벗었다고 비행연습 하러 간 새끼
날짜변경선 넘어 구름 잡으러 간 지 이미 오래
구멍 뚫린 난닝구 하나로
숭숭 날려버린 시간의 역주행,
주인 없는 빈방을 응시하다
핏발 세워 카톡! 카톡!
닫힌 문을 살짝 두들겨보면
돌아오는 건 질식할 것 같은 어둠뿐
머리맡에 나뒹구는 소주병에

꺼억 꺽 울음소리 잠겨 드는 밤
기러기, 부러진 어깻죽지로
북녘 하늘 날아간다

국밥 한 그릇

원고개 시장 가마솥 국밥집 앞 인력시장
구멍 숭숭 난 드럼통에 기세 좋게 타오르던 불길 사그라지고
느릿느릿 기어오른 해가 중참 먹을 때를 가리키지만
오늘도 팔리지 못한 그
가마솥 곁에 쪼그려 앉아있다

회사가 문을 닫아 거리로 나선 지 벌써 3년
한 달에 스무 대가리는 채우며
막일꾼치고 성실하다는 말도 무성했는데,
아파트 신축 현장에서 떨어지는 벽돌에 맞아 죽은 동료 몸값이
안전모를 쓰지 않아 갯값이라는 말에
현장 소장 멱살을 흔들어 블랙리스트에 오른 그
가마솥에 들어간 개고기처럼 영 보이지 않았다

"아빠 어딜 가?"
놀러 가자고 보채는 아들 녀석에게
"한 대가리 하러 간다" 대답한 후론

아버지 직업을 '대가리 공장에 다님' 이라고 적었다는
새벽 집 나서는 뒤통수에 던지는 아내의 물기 젖은 목소리

그 한 대가리도 못 한 지 벌써 달포가 넘어
가마솥 펄펄 끓어오르는 뭉게구름으로 바짝 마른 위장을 달래보는데
"보이소 전 씨, 뜨뜻한 국밥 한 그릇 하고 설거지 좀 거들어 주이소"

환청처럼 들리는 국밥집 아줌마 걸걸한 목소리
오늘따라 부처님 말씀 같다

불러도 안 간다

천 날 만 날 머리를 싸매고 아귀다툼하는 그곳
불러도 안 간다고 큰소리친 아제
그때는 몰랐지,

아홉 살 적 동네 개울에서 옆집 꽃분이 팬티를 끄집어 내렸던 일이
성추행범으로 몰매 맞을 일인지

고등학교 이 학년 때 수학여행 가지 않고 친구들이랑 이박 삼일 막걸리 파티 벌인 일이
하늘에 계신 부모님께 불효하는 일인지

육군 상병 휴가 5일을 니나노 집에서 술 마시고
술값 대신 저당 잡힌, 방한복 윗도리가 엄청난 부메랑으로 돌아올지

친구들이랑 여기저기 짜깁기해 통과한 대학 졸업논문이
논문 표절이라고 방송에서 떠들어댈지

둘째 아이 출산하러 친정 간 아내 몰래
친구랑 화투 치며 일주일 꼬박 밤샘한 일이
아내에게 큰 상처를 주는 일인지

사장이랍시고, 거들먹거리며
직원들 들들 볶아 밤샘작업 시키고 수당도 제대로 지급하지 않은 일이
불법 노동행위 조장하였다고 고발당할 일인지

푸른 기와집 김 씨 아저씨 일손 부족하다고
지방에서 있는 둥 없는 둥 살고 있는 나를 부를 때
그때는 몰랐지,
불러도 안 가는 게 아니라 갈 수 없다는 걸,

천년의 노래

문천蚊川을 담아온 바람은 옷깃을 붙잡고
자루 없는 도끼를 빌려 달라 하네

먼 하늘엔 별들이 부딪혀 떨어지고
그 사이로 하얀 찔레꽃 피어나네

사내는 큰 소리로 별들을 깨우며
내 품에 안겨 나무를 다듬고 있네

요석궁 저 깊은 연못의 밤
붉은 연꽃 열리고 닫힐 동안

그는 내 가슴에 머리를 파묻고
나는 밤새도록 강물 따라 출렁이네

밤마다 바람은 나의 심장을 파먹으며
같이 떠나자 멀리 떠나자 노래 부르고

먼 길 떠나는 사내 파리한 뒷모습 좇아

뜨거워지는 심장 밀려드는 애달픔

이미 비워버린 가슴엔
달빛은 차츰 부풀어 오르는데

쿵더쿵 쿵덕 가얏고 가락 따라
천년의 노래 받아쓰는 밤

* 심국유사 - 원효와 요석공주 이야기 중

청개구리 우는 밤

개구리처럼 펄쩍 뛰어 무등 타고 놀던
큼직한 바위 같은 등이 주저앉았다
시골에서 올라오신 아버지 등을
목욕탕 때밀이한테 맡기고 도망치던 밤
아버지 방문은 좀처럼 열리지 않았다

눈 한 번 제대로 맞추지 않았던 내가
일을 핑계로 오밤중에 들어오면서도
아이들 방은 수시로 열고선 성적표 보자 닦달하였지만
골방 같은 그 방엔 걸음을 게을리하였다
월급보다 훨씬 많이 나온 신용카드 청구서에 줄을 그으며
아버지 들으라고 아내한테 신경질 내기도 하였다
일이 많아 지쳐 돌아오는 날이면
물려받은 재산만 있어도 이런 일은 당장 때려치운다며
집안을 꽁꽁 얼어붙게 만들었다
아버지가 이젠 그만 시골로 내려간다고 한마디 하실 때마다
고향 사람들이 아들 욕한다고

온종일 텔레비전만 틀어드렸다

문득 열어본 그 방엔
꿈에 엄마가 보인다며 새우잠 청하는
등 굽은 두꺼비 한 마리 누워 있었다

청개구리 한 마리 장대비에 목 놓아 울고 있다

고비사막에는 길이 없다

어딘가 묻혀있을 칸의 꿈을 좇아 사막을 달려보면
별을 점치며 내달리던 말발굽 소리 들리는 듯
끝없이 불어오는 모래바람만 발걸음을 거칠게 몰아세
운다

지도를 펼쳐보면 함부로 그어 내린 희미한 경계선
해독解讀할 수 없는 이정표를 보고 문명의 흔적을 불러
보면
서 있는 것은 부질없다는 듯 모조리 없애버리는
모래, 모래, 모래

내 지나온 발자국이 쏟아낸 눈물은 바람에 지워지고
알고 싶어도 물을 수도 없는
보이지 않는 것에 이끌려 여기까지 왔지만
신들이 떠나버린 고비사막은
별들이 내려오는 시간을 기다리며
조용히 상처를 숨긴 채
모든 길의 시작이 모든 길의 끝이란 걸
높이를 더해가는 저 황량한 모래언덕,

서성이는 바람에게
칸의 꿈을 묻어버리고

고비는 오늘도 열병을 앓고 있다

발톱

네일숍을 거쳐 온 그녀의 발톱
초승달이 푸른 바다를 떠간다

밀쳐두고 방관한 내 것을 흘깃 보니
핏기없이 초라하다
무턱대고 앞만 보고 걸어온
무엇을 잡느라고 이리 뛰고 저리 뛰고
여름과 겨울이 수없이 자리를 바꿀 동안
펄펄 뛰는 생선처럼 힘 넘치던 생각들 쪼그라들어 햇볕만 즐기지만

돌에 찧어 망가진 엄지발톱
감춰 두었던 부끄러움
피도 흐르지 않던 것이 조금씩 자라고 있다
버려둔 희망이 살아 있다

다 자라 네일숍을 거치면
또 다른 바다에 보름달이 떠오를까?

2

버려진 고무신

바람꽃

시장통을 흔들던 기차의 굉음 저 멀리 떠나가면
낮보다 환한 쇼윈도 불빛
뒷골목을 차지하고
구경꾼들 소리도 없는 걸음으로 모인다

눈물도 말라버린 핏기 잃은 얼굴
불완전한 존재에서 풍겨오는 분 냄새
바람에 쫓겨 온 꽃,
파르르 떨고 있는 여린 잎사귀

말초신경만 곧추세우고
시작도 묻지 않는 여기엔
인간도 가끔 개처럼 웅웅거리며
암흑 같은 시간 속을 질주한다

낮게 깔리는 휘파람 소리는
도무지 의미를 읽을 수 없는 몸짓
흔들리는 커튼 뒤로 버려진 콘돔은
무감각한 절망의 순간

꿈마저 허기진

바람꽃,

바람따라

마 · 른 · 울 · 음 · 운 · 다

봄
- 목련 밑에서

눈이

점

점

커진다

자꾸

자꾸

커진다

와!

터지는 웃음

네 얼굴이다

사월에 부치는 편지

피기도 전 귀 기울이면
파르르 떨리던 너
화알짝 웃으며 눈 감고 따라간다

햇차처럼 순한 네가 바람 따라나서더니
눈앞 환하던 자리, 그 빈자리

꽃비 되어 내리는 날
널 보낸 서러움 뒤 부풀어 오른 초록들

자분자분 내리는 봄비
사월, 귀밑머리 촉촉이 젖어 들면,
사랑한다는 말 미처 하지 못했는데

익숙해질 수 없는 이별
무뎌지지 않는 사랑

길들여지지 않는 널 다시 기다린다

비 오는 날 너의 곁에 난 낯설다

한 문장 한 문장 옮겨갈 때마다 보인다던 글귀
끝내 보이지 않고
아물어 가던 상처 또다시 입을 벌리면

늘 곁에 있던 네가
닿을 수 없는 우주 속으로 달아나고
나는 점점 모래알갱이 속으로 파고든다

진동으로 바뀐 줄 모르던 전화벨 소리
한참을 귀 기울이면
주문하지도 않은 상처가 먼저 배달되고

자판字板을 두드릴 때마다 불쑥불쑥 올라오는 네가
문장을 헤집고 다니면
얼어붙은 우주의 한 모퉁이로 숨어버린 너를 불러본다
빠져나간 늑골을 끼워 맞출 때마다 아니다, 아니다 이별을 그리며
찬물에 머리를 헹구며 하늘은 보면
너라는 바람만 휑하니 지나가는

온몸이 젖어 드는 날

비 오는 날은 네가 곁에 있어도 난 낯설다

버려진 고무신

외풍이 제집처럼 드나드는 고향 집
하룻밤이라도 묵어본 사람들은 안다

윗목에서 뜨개질하던 누나의 시린 콧등 아래
아랫목 막냇동생 까발리진 엉덩이가
원숭이처럼 발갛게 달아오르는 겨울밤
새앙쥐 삐걱거리는 문 사이로 들락거리고
바람은 벽 틈으로 도란도란 얘기 엿들으며
달빛은 밤새도록 창호지에 얼굴을 부빈다

까치 퍼드덕거리는 마른 가지 사이로
까까머리 아이들, 몇 개 남지 않은 홍시를
낚으려 장대를 높이 들고
늘어진 속옷 사이 축 처진 젖가슴이 보여도
남사스러울 게 없는 할무이
곰방대 피워 물고 앉은 툇마루
주렁주렁 달린 곶감 한 줌 햇살이 반갑다

해 질 녘 동구 밖 긴 목 빼고 기다리는 어무이

기별 없는 아부지 안부에 눈물짓던 그곳

이젠 개망초 그득한 마당엔 바람만 휘돌아나가고
밤이면 달과 별이
버려진 고무신 뒤를 졸졸 따라다니고 있다

실연기

공룡을 찾으려 사막을 건널 때
살아있는 모든 걸 거부하는 태양 아래
나는 너에게 목숨을 맡겼지

그랬던 네가 그림자로 남아
너의 목소리가 메아리로 흩어질 때
나와 너 또다시 남남이 될까?

북극성 쳐다보며 온기를 주고받고
분, 초를 아껴가며 숨소리를 확인하던 우리

모래바람에 네 얼굴이 희미해지고
하루,
이틀,
어느새 달은 이지러졌다 채워지는데
온몸으로 느꼈던 너의 무게 가벼워지고
너에게로 가는 나의 발걸음이 무거워질 때
나와 너 또다시 남남이 된다

여름의 기억

넌, 항상 앞만 내세웠고
난, 흔들리는 너의 등이 보고 싶었지
객석은 침묵으로 가득하고
이젠 사라져야 할 우리들 역할

커튼이 내려오는 동안
너의 시선은 비켜 있고
대사가 없는 시나리오는 사라진다

소나기가 퍼붓듯 어쩌지 못한 사랑,
자작나무 우듬지를 너듬나 바람 속으로 들어간
나는 마지막 장을 찾지 못한 채 두꺼운 책을 덮는다

찢어진 추억 한 장 남기지 않은 그 얼굴
추억은 사라지는 것이 아니라 잊혀지는 것

상사화 그늘 아래 바람에 흔들리는 여름의 기억

ㅅㄹㅎ

'아궁이' 는
'아주 궁굼한 이야기'
'돌부' 는
'돌아와요 부산항에' 라고
모두들 줄이고 있다

아이나 어른이나
줄여야 살아남는다고
인심 쓰듯 원가 이하로 하청주고

싼값으로 일하다가
깨어지고
부러지는
저기 저 밑의
시급 육천짜리 노동자
집에 두고 온 생명들을
이어가기 위해
목숨을 줄이는데
나는 너를 위하여

무엇을 줄일까

ㅅ ㄹ ㅎ ㅅ ㄹ ㅎ

지심도只心島

수줍은 봄날 그 섬에 갔었지
동백은 붉은 꽃잎 뚝뚝
하얗게 부서지는 파도 위에 떨구고
네 두 눈엔 동백꽃보다 더 빠알간 눈물 방울방울 맺혔지

아찔한 현기증이 깎아지른 절벽 탓만 아니었어
수천수만의 바늘로 찔러대던 긴 겨울바람에
꼬옥 보듬어 키웠던 꽃봉오리들
절정의 순간, 한 치 미련도 없이 뚝뚝 떨어뜨리는 동백
너의 마음도 온통 붉게 흔들렸었지

쏟아지는 햇살에 쑥스러운 동백잎
너의 마음은 출렁거리고
갈피를 잡지 못 해 해안선 훈풍을 따라 가버렸지

해마다 붉디붉은 봄이 오면 늙은 동백은
바닷바람 말없이 껴안은 채 수천수만의 꽃봉오리를 터뜨리고

나는 머물 때와 떠날 때를 아직도 구별 못 하고
그녀가 흘린 붉은 말을 삼키려 지심도로 향한다

슬픈 이름

보고 싶다 말하면
되돌아올 것 같은 당신
차마 내뱉지 못해
밤새도록 하얗게 써본다

보고싶다보고싶다보고싶다보
고싶다보고싶다보고싶다보고
싶다보고싶다보고싶다보고싶
다보고싶다보고싶다보고싶다

녹아내리는 그리움 끝에
번지는 설움
휑한 촛대만 빈방을 지킨다
당신 이름 지울 때까지

떠나가는 당신은
가슴에 아린 섬 하나
뼈 마디마디 켜켜이
상처를 새기는 일이다

눈시울이 뜨거워지면

돌아서야 하는 발걸음

뒷모습이 한없이 아픈

건너야 하는 강이 흐른다

오늘도 아내는 오지 않는다

벽시계가 힘겹게 두 점을 치면
연화도* 네바위집 강 씨
부리나케 손을 털고 선착장으로 나간다

콧등으로 골목을 쑤셔대던
강 씨네 똥강아지
힐끔거리며 따라오지만

오늘도 아내는 오지 않는다
눈치챈 갈매기의 꺼이꺼이 쉰 목소리
파도에 잠겨 버리고

마지막 손님 내리면
익숙한 절망, 멍한 눈
허공을 더듬는다

낚시꾼 따라 뭍으로 나갔다
부산역에서 열차를 기다리고 있더라
소문은 바람처럼 불어오고

오늘도 벽시계 힘겹게 두 점 치면
네바위집 강 씨 아픈 가슴 부둥켜안고
버릇처럼 선착장으로 향한다

* 통영시에 속한 남해 작은 섬

가을이 오기 전에

그대 처음 만난 날
이젠 기억에서 지우렵니다

백일 이백일 삼백일
당신과 헤아리던 시간
빛바랜 기념일처럼
이젠 손꼽지 않겠습니다

카톡, 카톡,
아침 귀가 열리는 소리
붐비는 인파 속
그대 혼자만을 좇던 눈도
이젠 질끈 감아야겠습니다

유리창이 유난히 맑은 카페
풀벌레 소리 다정한 숲속
깔깔대던 웃음소리까지
머릿속에서 비우겠습니다
꿈속에 찾아드는

첫 키스도
입술에서 지우겠습니다

부르기엔 너무 아까운
그대 이름 석 자,
더 이상 울지 않고
가슴 속 꼬옥 감춰두겠습니다

소나기

종일 따가운 햇볕에 눈이 멀 것 같았는데
퇴근 무렵 멀리서 천둥이 으르렁거리더니
장대비가 쏟아진다

출근길 살똥 맞은 잔소리 앵앵거려
오늘 밤은 술독에 빠져야지
단골 술집으로 발걸음 돌리려는 순간
우연히 눈길이 간 건너편
퍼붓고 있는 빗속에서
아내가 이쪽 바라보며 팔이 떨어지게 흔들고 있다

우산을 건네는 아내는 옷이 젖는 줄 모르고
계면쩍어하며 뒤 따라 오고 있다
허세를 부리며 걸어가다
왼팔 슬쩍 들어 보이니
아내가 냉큼 품속으로 들어와 살며시 웃는다
처음 만난 그날도 소나기가 내렸지
"비도 오는데 기분 한번 내어볼까" 하며 두리번대는데
급하게 입고 나온 아내의 추리닝 바지
두 무릎 귀를 세우고 있다

자화상

가랑비에 축축이 젖은 플라타너스 이파리
길바닥에 바짝 엎드려
가랑가랑한 눈으로 멍하니 거리를 바라보면

돌개바람에 등 떠밀려 겨우 멈춰 선
아는 이 하나 없는 낯선 거리
핏발 선 두 눈으로 헤매고 다녔는데,

양팔 벌린 가지마다 대롱대롱 매달린 푸른 꿈들
이젠 실바람에도
어쩔 줄 몰라 움츠리는 바짝 야윈 몸

앞으로, 앞으로, 읊조리다
찬 서리 피할 곳 찾아 어슬렁거리는
길고양이를 훔쳐본다

휴일

밀린 빨래한답시고
새벽부터 베란다에서
우당탕 세탁기가 비명을 지르는데

눈곱도 떼지 않고 이리 뒹굴 저리 뒹굴
일주일쯤 밀린 신문 광고까지 읽는데
뒤통수 스쳐 가는 눈초리가 따갑다

천둥소리 시작되고
번갯불 희번덕일 땐
무조건 바짝 엎드리는 것이 상책

청소기 들고 마루를 슬슬 기면
토끼 같은 아이들도
눈치 빠르게 제 굴속으로 달아나
구구단을 외우고 있다

끝장낼 듯 내리쏟던 소나기
한바탕 지나가고

귀를 찢던 소리 산 너머 무지개로 피어나면

더위도 지쳐 풀 죽는 해거름
월화수목금금금
월화수목금금금
천성 게으른 매미는 목청만 높이고 있다

겨울밤

눈이 내리고 있다

그대 따라 가고 싶은 길
남겨둔 발자국
사그락 사그락 지우고 있다

방범등 희미한 골목, 떨리던 첫 키스의 자국
감출 수 없던 그 말 덮으며 내리고 있다

부풀었던 가슴 깊숙한 곳 빨간 꽃잎
숨기고 싶은 사랑한다는 그 말 감추고

바스락거리던 낙엽조차 사랑이었으며
아무도 없는 숲속 노래하는 새처럼 자유로웠고

살아있는 모든 것들을 위해 기도하며
바람처럼 외로웠으나 함께 했던 그 길,

눈이 내리고 있다

그대 다시 돌아올 길
떠나간 발자국
하얗게 지우고 있다

그칠 줄 모르고 내리고 있다

치술령에서

툭! 잘라 버리면 된다고
눈만 감으면 잊을 수 있다고
돌아서는 순간
치술령 시린 바람 늑골 사이를 헤집고 들어온다

길은 떠나기 위해 만드는 것이 아니라
되돌아오기 위해 버리지 못하는 것

오래전 이 길 떠난 그 사람 알고 있을까
그리움은 길들여 질 수 없다는 걸

나이테가 켜켜이 쌓일수록
옹이 빛깔은 더욱 짙어진다는 걸

지금도 그 길섶 갈대들
머언 바다 건너 소식 귀를 세우고
허기지는 그리움에 망부석 곁을 맴돈다

3

우리가 피곤한 까닭은

공 십 약국

한일一 두이二 석삼三…
열십十자를 배운 초등학교 일학년 아이들
하굣길에 약국 표지판을 읽는다
십 약국, 십 약국!

어른들이 듣기 민망하다고
열십十자에 동그라미를 둘렀더니
아이들은 목청 돋우어 다시 읽는다
공씹 약국, 공씹 약국!

때마침 텔레비전에 교육전문가가 나와
조기교육이 매우 중요하다고
입술에 침 튀기며 열을 올리고 있다

실종신고

도시의 밤, 비가 내리면
고여 드는 그림자가 있다

비에 젖은 네온 좇아
흐느적 걷다 보면

문 닫힌 사진관에
네 얼굴 걸려 있다

아, 모르는 얼굴이다

늑대와 여우

Ⅰ. 늑대의 변명

다들 늑대가 사납고 예의 없고 무섭고 해코지할 것같이 생겼다고 말하지

억울해서 땅을 치고 통곡할 일이야 이 땅 위에 나처럼 책임감 많고 절개와 지조를 지키는 멋진 짐승 있으면 나와 봐
처자식 먹여 살린다고 새벽 별 보고 나가 이슬에 촉촉이 젖어 돌아오는
곁에 여우가 있는지 없는지 모르고 일만 하는 숙맥인데, 가끔 목구멍에 쌓인 먼지를 씻어보겠다고 한잔 마시면
"늑대가 술에 취해 여우를 잡아먹는다" 라고
끼 많은 여우가 동네방네 나발을 부니까 귀가 막혀 이리 뛰고 저리 뛰다가 넘어졌을 뿐,
해코지하려고 달려든 것은 절대 아닌데

'에라, 이왕 욕먹는 거 예쁘고 돈 많고 명 짧은 여우 한 마리 찾아볼까?'

11. 여우 이야기

여우가 늑대 홀리는 법 혹 아세요?

그 책 있음 빌려보고 싶네요 정말 억울한 건 내가 수작을 부린다는 소문이에요

먹고 살기 바쁜 건 우리도 마찬가지!
덩치가 작아 늑대를 보면 가까이 다가서기는커녕 도망가기 바쁜데 다들 왜 여우가 늑대를 홀린다고 말할까요?

늑대들은 한잔만 먹으면 취한 척하면서 이리 뛰고 저리 뛰다 돌에 걸려 넘어져 면상을 깔아뭉개거나 하수구에 처박혀 병원 신세를 지는 경우가 더러 있는데
결코 '여우에게 홀려서 그랬다' 그건 아니에요
술 취한 늑대 다친 것이 여우에게 무슨 죄가 있겠어요?
여우를 해코지하려고 달려든 그 해롱해롱하는 늑대가 잘못된 것이지.

'아 참 요즈음은 늑대를 사육하는 여우들이 많다지요?'

이참에 나도 한 마리 키워 볼까요?

시월

언제쯤 따면 될까
하나둘 손꼽는데

까치가 먼저 알고
맛있게 먹고 가는

감나무 가지 끝에서
시월은 익어간다

화려하던 푸르름이
뒤척이며 뿌려놓은

또 하나의 생명들을
잉태하는 저 들녘

바람은 제 갈 길 간다
키높이 신발 신고

뾰족구두

“엄마 언제 와?”
“울 엄마 언제 와?”

어린이집에서 돌아온 딸아이
제 엄마 뾰족구두 안고 칭얼거린다

시골 무지렁이 농사밖에 모르는 나에게
어린 베트남 처녀 멋모르고 시집 왔다

밤마다 탱탱하게 솟아오른 젊은 아내 젖가슴 만지작거리며
쿵쿵거리던 심장소리에 숨마저 참고

행여 잠결에 우렁각시처럼 사라질까 봐
뾰족구두 감춰두고 잠들 곤 하였지

배꽃이 들녘을 환하게 적시던 밤
그믐달 같은 눈으로 어린 딸 빤히 내려다보며 밤새 뒤척이던 아내

머언 절집 새벽 종소리에 뾰족구두 버려두고
어디론가 가버렸는데

산등성이 너머 흐르는 비행운 바라보며
꽉 막힌 가슴 뚫어지게 긴 숨 몰아쉬면

제 엄마 구두 쥐고 잠든 딸아이 얼굴 위로
젊은 아내 얼굴 오버랩되고 있다

에라이 10번이다

얌전하기로 둘째가라면 서러운 김 여사
시어른 모시고 살면서
날마다 술에 곯아떨어지는 남편 때문에
핸들만 잡으면 표범같이 거품을 문다

한 번이라도 레이더망에 걸리면
무차별 폭격을 가하는 욕설
속이 후련해진다는
욕쟁이 김 여사

수시로 시어른을 태우면
안절부절 입술만 달싹이다
온몸에 열이 나서
차 수리비만 늘었다

오늘은 김 여사,
1번 : 망할 놈
2번 : 나쁜 놈
3번 : 거지같은 놈

4번 : 우라질 놈

5번 : 육시랄 놈

6번 : 병신 새끼

7번 : 개새끼

8번 : 십팔 놈

9번 : 좆같은 놈

10번: 천벌을 받을 놈

인터넷을 뒤적이다 찾아낸 묘수

1번에서 10번까지 떠억 하니 장착하고

도로를 달린다

“에라이 5번이다”

“에라이 10번!”

수시로 탄알을 바꾸는 욕쟁이 김 여사

사는 맛 난다고 가속 페달 신나게 밟고 있다

학생부군신위學生父君神位

그 노무 술이 죄인기라, 큇디 높기로 읍내에서 내 따라 올 가스나 없었는데 농협 댕기는 양골 송 씨, 저기 저 김 약국 아들뿐만 아이고 내를 우예 꼬시 볼라꼬 온 마실 총각들이 날마다 오줄없이 느그 외갓집 문 앞에 줄을 서서 내가 나오기를 눈 빠지게 기다리고 있었제 그땐 느그 아부지 뻴쭈름하이 젤 끄티에 있어 눈에 비도 안했는기라

갱빈에서 노래자랑 열리던 그날 옹차게 한 곡 뽑았디마 여기 저기서 앙콜, 앙콜 캐 샀는데 우야노 뭐에 씨있는지 들떠가꼬 한 잔 두 잔 했디마

등짜기가 배기가 눈을 살재기 떠보이 쥐오줌 찌들은 천장이 보이는데 아 글쎄 내 위에 시커먼 곰 한 마리 떡억하니 니 활개를 피고 있는기라 홀러덩 벗은 채로

아이고 머릿속이 보해지더니 "가시나가 몸띠 아물따나 굴리마 절딴난데이" 느그 이 할매 말씸이 퍼뜩 떠오르는데 우짤끼고

웃목에 오도카이 앉아 눈물을 찔끔거리는데

"걱정마라카이, 내가 책임진다 안카나"

까재미 눈으로 보이 참 듬직하게 잘 생깃데, 저 사진 함

봐라 얼매나 잘 생깃노

느그 아부지, 이아재한테 빼말때기 억수로 맞았데이 눈티반티 되도록 맞고도 매일같이 찾아오는데 이할배께서 일이란 우룩으로 되는 기 아이라꼬 허락하신기라
그담 날부터 느그 아부지는 시상 베릴 때까지 술 한 빨도 입에 안 대고 살았다 아이가 그 노무 술 때매 예쁜 색시 얻었지만 다부로 빼끼까 봐
밀밭 근처에도 안 가시더라

애비야 느그 아부지 얼매나 술 마시고 싶었겠노 지삿날이라도 거나하게 취하구로 술 함 따라 봐라 철철 넘치도록
요새 그 양반이 자꾸 꿈에 비는 거 보이 나도 갈 때가 됐는갑다
촛불이 일렁이는 제사상 위 아버지께서 빙긋이 웃고 계신다

일촉즉발

- 오타誤打

여 : "저녁 먹었어요?"

남 : "엉, 무슨 소리!"

여 : 자기 사망해?

남 : 드디어 선전포고구나

어떻게 대항할까!

'그래 저넉 먹었다' 는 아니고

'그래 사망해' 도 아니고

-

-

-

-

-

"그래 사랑해!"

이소

추녀 밑 입만 쩍쩍 벌리던 새끼 제비
솜털이 덜 빠진 채
빨랫줄까지 포로롱포로롱
날갯짓하고 있다

직장 따라 멀리 간 아들
밤이 되면 엄마 보고 싶다고
휴대폰에 손을 떼지 않고
주말이면 어김없이 먼 길 마다 않고 달려와
엄마 해주는 음식, 제일 맛있다며 챙겨 가더니
한 주 빼먹고
두 주 건너뛰고
바쁘다는 핑계로 오지 않은 지 벌써 한 달이 지났다

오늘은 새끼 제비
길 건너 전깃줄까지 날아갔다
어미 제비 목청이 터지도록 새끼를 부르고
아내 이마 주름살 하나둘 늘어 가고 있다

벽

1

“인자 오능교?”
“아는?”

“마이 디지예?”
“밥도”

“좀 씻그소 물 받아 났어예”
“고마 자자”

2

“아부지예”
“와”
“아부지 낼 학교 오라카는데예”
“너거 엄마한테 캐라”

“아부지 오라카는데예”

"이누무 자슥, 니 사고 쳤제?"
"아이라예"
"그라마 담에 가께, 공부나 해라"

3

"어무이"
"와?"

"내는 시집 안 간데이"
"머라꼬? 느그 아부지는 머하노?"

"시집 안 간다카이"
"저녁 처묵었으마 고마 잠이나 자라"

24시간 편의점

- 도시의 얼굴 · 1

24시간 불 밝힌 편의점
표정이 없다
표정 없는 사람들이 들어와 물건을 고르고
표정 없이 셈을 치르고 나간다

24시간 불 밝힌 편의점
사무치는 것이 없다
찌개를 끓이고 나물을 무치고 기다려야 할 것들이 없다.
낱낱이 처리되어 쉽게 먹을 수 있는 삼각 김밥처럼
혼자 먹고 혼자 자는 사람들을 위한 그리움은 없다

24시간 불 밝힌 편의점
기념일이 없다
갖고 싶었으나 사지 못했던 물건을 살 수 있는 운 좋은 날이나
연인의 선물을 고르는 설레는 날이나
아이의 웃는 얼굴을 그리며 얇은 지갑을 여는
행복한 날이 없다

24시간 불 밝힌 편의점
기다림이 없다
물을 부으면 3분 만에 먹는 컵라면
전자레인지를 돌리면 금방 뜨끈해지는 즉석밥,
담배 한 갑, 맥주 한 캔, 김밥 한 줄처럼
지금 당장 입에 넣을 것들밖에 없다

24시간 불 밝힌 편의점
표정,
사무침,
기념일,
기다림이 없다

사진처럼 만들어 드립니다

영문도 모른 채 따라나선 길이 선보는 자리였다
고개를 숙이고 있는 처녀를 힐끔힐끔 곁눈질로 보니
도무지 눈, 코, 입, 균형이 맞지 않아
'아마도 조상 중에 다른 나라 사람이 있었나보다'
곁에 앉은 중매쟁이를 흘겨보았다

이태나 흘렀을까
고속버스 터미널 대합실에서
서시*처럼 생긴 여인이 내 앞을 도도하게 걸어가는데
그것도 멋진 남자하고 팔짱을 낀 채,
화들짝 놀란 눈으로 보고 또 보았지만 그녀가 틀림없다

세상에!
바보 같은 내 두 눈을 원망하며
닭 쫓던 개처럼 어깨를 떨어뜨리고 돌아오는 길
성형외과 광고 전단지가 바람에 날린다

'사진처럼 만들어 드립니다'

* 중국 월나라의 미인

껍데기

큰 섬 제주도엔
조ㅅ 껍데기 술이 있고
작은 섬 울릉도에는
씨ㅂ 껍데기 술이 있는데

사내가 회춘한다는 조ㅅ 껍데기 술은
허우대 멀쩡해도 단돈 삼천 원에 마시고
박색도 미인 된다는 씨ㅂ 껍데기 술은
속이 꽉 차서 만 원을 주어야 마실 수 있다

어느 시인*이
'껍데기는 가라' 했지만

껍데기도 껍데기 나름
겨우내, 꽁꽁 언 우주를 보듬어
봄을 기다리는 껍데기도 있다

* 신동엽

피곤한 까닭
- 24시간 편의점 · 2

너를 모른다
한 손에 크림빵을 들고
또 다른 손으로 토마토 주스를 마시는 너를 모른다

너는 모른다.
네 옆에서 후후 불어가며
컵라면을 먹는 나를 너는 모른다

우리는 모른다.
네가 밥 대신 크림빵과 토마토 주스로 허기를 면하는 이유와
내가 왜 혼자 편의점에서 컵라면을 먹는지 모른다

너와 나는
회색 테이블 이쪽과 저쪽에 자리한 채
창밖으로 지나가는 사람들을 위안 삼아 침묵으로 먹는다

또 다른 네가 문을 열고 들어온다

또 다른 나는 나의 자리에서 컵라면에 물을 받아 창밖을 본다

우리가 피곤한 까닭은
네온 뒤에 숨겨진 느낌표를 찾을 수 없기 때문이다

설사

몽돌들이 쏴-르르 쏴-르르
온몸을 굴리는 태종대 갯가
해녀들이 방금 물에서 올렸다는
한 접시 회를 먹는다

소주 한잔에 발그레해진 그녀를 보며
'오늘은 온 세상이 내 것이야'
쾌재를 날리며 해변을 거닌다
어두워지길 기다리면서…

갑자기 뱃속에서 천둥이 울린다
아니, 전쟁이 일어났다
똥줄은 타들어 가는데
컴컴한 구석은 아예 보이질 않고

생땀 뻘뻘 흘리며
겨우 찾은 간이화장실
휴- 시원하구나 하는 순간 휴지가 없다

한구석 구겨진 신문

뇌물을 받아먹은 모 의원 기사가
1면을 장식하고 있는데
이걸로 밑을 닦으면
구린내가 더 나지 않을까…

쾅 쾅 쾅!
그녀가 화장실 문을 부서지게
두드린다

취업일기

여기보다 더 심한 곳이 설마 있을까
욱하고 던진 사표 물 건너가고
이곳저곳 두드려 보고 조아려 보았지만
쓴 커피 한 잔 돌아오지 않는다

공원 수도꼭지로 점심을 해결한 지 석 달 열흘,
친구를 찾았더니 막걸리 한잔에
식당 바닥이 벌떡 일어나
내 뺨을 신나게 갈겼다

희미한 형광등 껌뻑거리는 선술집 골방, 고릴라 같은 주모가 잔심부름 도와달라며 눈꼬리를 살짝 내리고 사타구니 속으로 손을 밀어 넣는다
빈창자는 꼬르륵거리고
낡은 텔레비전 속, 여자의 등짝에도 아랫도리는 줏대 없이 천막 기둥 세우는데
높은 어르신들 말씀은 귓전 밖 모깃소리처럼 어찌나 앵앵거리는지

홀연 내일 걱정 안 할 수 있는 이런 직장이 낫지 않을까 우겨보는 밤,

귀를 간질이는 주모의 코골이가 자장가처럼 가슴에 녹아내린다

함바집 바람벽에 기대어

꿈꾸면 되는 줄 알았다

또박또박 눌러 적은 꿈
주머니에 구겨 넣고
도망치듯 고향을 떠나 올 때
귀 떨어지게 매서운 겨울밤

외로운 울 아버지 포근하게 주무실
따스한 솜이불 한 채 사 들고
햇살 환한 대낮 사립문 활짝 열고 싶었다
그때 팔아버린 다락논 한 마지기
옥답 스무 마지기 거뜬히 사서 으스대며
아버지께 큰절 올리고 싶었다

꿈꾸면 되는 줄 알았다

연줄이라곤 가는 거미줄조차 없는 회색 도시,
새벽이슬 맞으면서
넘어지면 다시 일어나

앞만 보고 가면 되는 줄 알았는데
반지하 월세방 한 칸 구하지 못하고
공사판 이리저리 낙엽처럼 굴렀지

오늘도 함바집 바람벽에 기대
이슬 젖은 갈비뼈를 튕기며
한 줄 한 줄 접혀진 꿈 꺼내어
웅웅거리는 먼지를 털어낸다

낙하 주의

비우면 비울수록
근심거리가 풀린다는

밑이 까마득한 정낭
비우려고 걸터앉으면
눈앞에 안내문이 붙어있다

휴대폰 낙하 주의!

스물네 시간 붙어 다니는 휴대폰
저기 저 깊은 똥통에 빠뜨려
또 다른 고민거리를 만들지 말라는 것

두 손에 아무것도 가지지 않고
빈손으로 가야
편안하게 갈 수 있다는

푹 삭힌 말씀이 향내로 다가오는
송광사 해우소
그 속이 무량하게 깊다

4

밥 그리고 침대

식탁 위의 정물

나는 저무는 계절을 닦는 중이다

팬티 속 축 늘어진 성기를 만지작거리며
식탁 위 발라진 생선 대가리가 놓이듯
하얀 접시 위에 내 목을 올려놓는다
마른 침을 꿀꺽 삼키며 날뛰는
감정들을 쏟아붓는 저녁,
창틈으로 기어든 불빛처럼
살로메*의 눈에 그려진 세례자 요한의 입술
벽면을 붉게 물들이고 있다

고개를 쳐들고 희멀건 낮달을 훔쳐보며 조용히 숨을
죽이면
커다란 주머니 속 깊이 감춰둔 내 심장이 발기를 하고
식탁에 둘러앉은 빈 그림자들은
마지막 포즈를 취한다
반짝이는 나이프와 포크를 들고
과거를 찢거나 발기는 사이
나의 잘린 목이

말라가는 입술 위로 달빛이 얹히는

저, 살아 꿈틀거리는 대가리,

* 성서에서 세례자 요한을 처형한 헤롯왕의 의붓딸. 예술작품에서 주로 애욕을 불러일으키는 인물로 묘사

기도하는 나무

죽는 날까지 무릎이 시큰거렸다
여기서도 바람은 극지極地로만 향하고

살아있는 것들을 용서하지 않는
로키산맥 해발 3000m 수목한계선엔
싹 틔운 날부터 죽는 날까지
살려달라고 기도하는 나무가 산다

모든 걸 복종하게 만드는 거센 눈보라에
쓰인 원죄의 뿌리 놓을 수 없어
낮게 더 낮게 엎드려 흙냄새 찾아 파고든다

하늘이 내리는 선물
깊은 공명의 바이올린으로 다시 태어날 수 있게
기도하며 용서를 구걸하는

사는 동안 무릎 한 번 펴지 못해도
모든 소리 기억할 수 있는 그날까지
별처럼 투명한 로키의 소리 나이테에 담는다

극지로만 향하는 눈보라를 안고서 꿈을 찾을 때
꼿꼿하게 세우는 두 무릎
저 멀리 로키의 소리 떨리고 있다

아직도 통화 중

어제 만난 친구라며 전화통 잡은 지 벌써 한 시간
이맛살 찌푸리니 손사래 치며 얼른 나가라 한다

바닥을 기고 있는 통장을 들고 은행을 기웃거리다
무엇을 사 오라 한 것 같아 전화를 하니 아직도 통화 중

하릴없이 친구를 찾아보니 여기도 통화 중
괜스레 짜증이 난다

길고양이 힐끔힐끔 눈치를 주는 것 같아
두리번 돌멩이를 찾아보니 길바닥이 휑하다

이런 날은 세월을 먼지처럼 뒤집어 쓴 골목 끝 대폿집에서
시큼한 무 한 조각 우걱우걱, 막걸리나 한잔해야지
찌그러진 술잔 홍건해진 입술로 재발신 눌러보면
'고객이 통화 중이오니…'
텔레비전 속 라디오 찌지직대는 소음처럼
이젠 누구도 귀동냥조차 하지 않는 생

옷장에 들어가지 못하는 해진 양복 같은

나 자신에 헛웃음이라도 던져주고 싶은 날이다

묵시록

닭 울음소리 새벽을 부를 수 없는 도시 한복판
잿빛 허공엔 썩은 먹이를 찾는 까마귀 떼
갈라진 뱃속으로 자기들 잇속만 채워가고

높은 빌딩 사이를 누비는 이들은 매달린 조롱박 속
여인의 추문을 해석하지 못하여
새카맣게 굳어버린 혀 세상 밖으로 내두르는데

(검은 바다가 일어나 하얀 춤을 추었다는 수평선 너머 머언 나라에선 달이 해를 잡아먹었다는 이야기가 바람 타고 들려오는데)

자신들의 여리고성만 굳건하게 지켜가는
셈법을 모르는 사람들
흐릿한 눈동자를 희번덕거리며
빌딩 숲을 어지럽히고

누구도 들여다보지 못한 샤먼의 눈
달이 토해버린 그림자를 좇아

좁은 골목을 촛불로 밝혀보지만
우린, 잃어버린 빛을 찾아
고개를 치켜들고
하얗게 질린 하늘을 더듬거리고 있다

기억과 기억 사이

거리에 뿌려진 혈통을 지우듯
네가 나를 잊어갈 때쯤
갈증을 견디지 못한 사타구니 웅츠리고 있었다

벽으로 치닫던 절정의 순간
떨어져 버린 기억과 기억 사이로
불어오던 바람의 혀,

빛과 어둠이 뒤엉킨 회색 그늘 속
카르멘의 숨겨둔 칼날에 베여버린
검붉은 살들이 거리에 넘쳐나고
가로등은 툭, 툭 서늘한 낯빛을 흘리고 있다

무릎과 무릎 사이를 바람이 헤집으면
온몸을 파르르 떨고 있는 잎사귀 위로
달빛은 젖은 눈으로 내려다보고

은밀하다는 것은
검은 피로 얼룩진 거리의 또 다른 이름

나는 가로등에 매달려

숨겨둔 비명을 토하기 시작했다

늦가을 오후

장가갈 때까지 도시에 살아본다고
소 한 마리 논 두 마지기 바꾼 돈
아직도 아버지께 갚지 못했는데

시급 오천오백팔십 원에
한 그릇 짜장면은 성찬인 삶
스물다섯 시간 닭장을 벗어날 수 없다

싸구려 화장품으로 무장한 여자의 눈
고층 아파트에 꽂혀 있어
잠깐 나온 고향은 자꾸 멀어져만 가고

동대구역 육교 계단참
꿇어앉은 걸인의 등에
비켜선 한 줌 햇볕도 점점 시들어 가는

"베트남 색시면 어떠냐, 아이만 쑥쑥 잘 낳으면 되는 거지"라는 어머니 말씀
먼 절집 종소리 같이 들리는 늦가을 오후

도시 끝에서

별을 따다가 헛디딘 사내
폐기된 쓰레기통처럼 주어진 바코드를 잃어버리고
공원 안 늙은 느티나무 아래
구겨진 채 웅크리고 있다

헐떡이며 버텨 온 날들이 삐걱거릴 때
스스로 대문 밖 객귀 밥으로 내몰았던 삶
그에게는 가물거리는 허공일 뿐
공원의 빈 벤치조차 누울 자리 허락하지 않고

막다른 골목 끝에 내동댕이쳐진 회전의자
멈춰 선 시간들 위에 쌓이는 먼지처럼
더 이상 기억을 건질 수 없는 그
빈껍데기만 남은 정물이 되어간다

퀴퀴한 일상에서 벗어나는 유일한 이탈
벌건 대낮 한없는 꿈속으로 빠져든 사내
끊어진 듯 풀린 듯 낡은 기억 움켜쥔
두 손이 부르르 떨리고 있다

고비사막에 어둠이 내리면

고비사막에 어둠이 내리면
끝 간 데 없는 지평선 위로 별들이 쏟아지고
바람 한 점 불지 않는 모래 능선에
수많은 얼굴들이 나타났다 또 사라진다

길 잃은 낙타의 뒷발이 꺾이면
들쳐 맨 물주머니가 어깨에서 떨어지고
초사흘 낮게 걸린 달이 휘어지고 있다

서 있는 모든 것들을 용서하지 않는 사막
사구 너머로 사라지는 별똥별들의 주검을 떠올리며
마지막 별빛을 쪼일 때까지
그들을 위하여 휘파람을 불어주고 싶다

눈을 감고
귀를 닫고
저 낙타 무리 속으로 들어가

또다시 새벽이 건너올 때까지
눈물이 마르지 않게 노래를 불러야겠다

획劃

획을 긋는다는 것
마감한다는 것일 게다

획을 긋는다는 것
떠난다는 것일 게다

획을 긋는다는 것
돌아오지 않겠다는 것일 게다

어디서 왔던
어디로 가든

한 획을
휙!

긋는 것은
별똥별처럼 날개 다는 것일 게다

강의 노래

붉은 깃털 자랑하던 새
긴 날개를 지상으로 펼치니

바위들은 벌겋게 달아오르고
땅은 온몸 타들어 가는 듯 제 몸을 열었다.

빙하는 끊임없이 녹아내려 메마른 땅 위 물길 만들고
살아남은 것들은 어두운 강물 속으로 사라진,
풀 한 포기 볼 수 없었다.

그제야 새는 날개 거두어 하늘로 올라가고
여기저기 불끈불끈 솟아오른 암봉들

바알갛게 달아오른 가슴 열어 구름 같은 거품을 게워내니
물푸레나무 줄기 타고 흘러 들어간 거품,
강은 사흘 낮 사흘 밤 비명을 지르기 시작했다

신은 강의 울음 잠재우려
그 소리 물방울에 가두니

강에선 아이 울음소리 끊이지 않았고

그곳에서 덤벙덤벙 자라난 아이들
안개에 젖은 은밀한 오르가슴 즐기며

아직 죽지 않은 모든 것을 위하여
비로소 하늘 닮은 바다로 흘러들었다

밥 그리고 침대

시장기를 따라오던 음식 냄새가 문 앞에서 사라져버린 것과
입안 그득하게 고이던 침이 말라버린 것은
어긋나버린 자율신경 탓일 게다

창밖은 어둠이 점령한 지 벌써 오래,
눈동자가 유난히 추워 보이는 길고양이를 밖에 버려두고
에스프레소 한 잔 마시면
비어버린 옆구리가 시려 오는 오늘 밤은 따스해질까

침대에 누워 시트를 걷어차며
천장에 차려놓은 동래파전과 막걸리로 쪼그라진 배를 달래면
혓바닥을 끌어당기는 울대,
꿀꺽거리는 것에 대해 무관심한 표정을 짓기로 한다

냉장고를 꽉 채운 음식은 말라가고
개수구에 내갈긴 오줌 냄새에 익숙해질 때
쓰레기통을 뒤지는 시궁쥐의 눈동자와 마주한

어두운 밤은 더욱 나를 윽박지르고

술 취한 사내들의 목소리가 쩌렁거리던 골목
아침이면 사라지듯
난 두 팔을 쭈욱 뻗어보면서
어제와 같은 오늘이… 하고 중얼거릴 것이다

보호자 아니야

대구역 앞마당에서 명덕역 뒷마당까지
눈에 보이는 술집마다 내 집인 양 '딱 한 잔' 을 외치며
중앙통이 비좁다고 너털웃음 터트리셨던 아버지
그 '이까짓 술 한 잔' 이 불혹의 나이를 집어삼켰다

강산이 두어 번 바뀔 동안
남편 똥오줌 받아가며 자식새끼 줄줄이 단
동갑보다 십 년 빨리 찬 서리 맞은 어머니
누룩 냄새는 백 리 전부터 고개를 흔드시다
아버지보다 먼저 하늘 한 켠 차지하셨다

똥오줌 절인 골방
그 시아버지 보며 살아온 아내
아이들이 "엄마" "아빠" 옹알거릴 때
"술 마시지 마라" "담배 피지 마라" 부터 가르쳤고
"전 할아버지, 보호자 찾습니다"
요양병원 전화,
비상 훈련하듯 부리나케 달려가던 아내

아버지 돌아가신 후
매일 아침 문안 인사처럼

“술 마시지 마. 나 당신 보호자 아니야!”

어묵 국물

늦은 밤 얼어붙은 길거리 포장마차에서 뜨거운 어묵 국물 후후 불며 홀짝홀짝 마시면
오그라들었던 언 몸이 녹는다

국물 몇 모금으로 몸이 사르르 풀리는 걸 보면
저 속에 무슨 비결이라도 숨겨두었을 것 같아 살짝 냄비 속을 기웃거려보니 다시마 한 올, 무 두 조각, 디포리 서너 마리, 파 다섯 쪽이 제 몸을 우려내면서 온종일 서로 어울리고 있다

저 작은 것들조차 제 한 몸 아끼지 않고 알몸까지 내놓는데.

엊저녁 구겨진 몸 고무튜브로 칭칭 동여맨 채 질펀하고 분답한 시장 바닥을 온몸으로 기어가던 사내의 찢어진 난파선이 생각났다

그가 던지는 핏기 잃은 눈망울에 고개를 모로 돌려
허공에 매달린 교회 첨탑만 쳐다본 내 자신이 화끈거리

는 겨울밤, 양은 냄비 속 펄펄 끓는 어묵 국물이 뭉게구름을 허공으로 퍼 올린다

막이 내리면

막이 내린다

개떼같이 몰리던 사람들이 저녁연기처럼
흩어졌다 펑펑 터지던 플래시 불빛 사라지자 어둠, 어둠이다, 어둠 속에서는 슬슬 기어가야 한다

아침에 나온 곳으로 되돌아가는 검투사, 삐에로의 가면을 쓰니 낯선 얼굴이다
이것도 아니다, 뽀로로를 씌워본다, 아이들이 병아리처럼 쪼아댄다

천장에서 별들이 떨어진다
깨진 유리조각처럼 심장을 관통하는 별, 별, 별, 숨을 쉴 수 없어 벗어 던진 가면 사이로 아내가 낯설어 도망을 치며 오드리 헵번 가면을 찢어버린다

막이 내리면
검투사 얼굴에 흙을 뿌리고 박수갈채를 보내는 사람들,
떨어지는 흙더미에 놀라 움찔대는 저 얼굴

가면 파는 가게가 일찍 문을 닫아버렸고 아무리 발버둥쳐도 이불 속으로 사라진 가면을 찾을 수 없고

오늘도 하루가 구름 사이로 사그라졌다

빈 집에 들면

퇴역한 장군처럼 주름 깊은 느티나무 한 그루 서 있는
사람들의 흔적은 바람에 밀려 점점 희미해지는 그곳
떠밀려 나온 것도 아닌데 대문께 발이라도 들여놓을라치면
가슴으로 불그스레 물이 차오른다

뒤 곁 바람벽 비틀어진 시래기
햇살 한소끔 더 얻고 싶어 허옇게 배를 뒤집는 동안
그 귀퉁이, 관절이 닳아버린 경운기 손잡이엔
목장갑이 늘어진 채 주인을 기다리고
대청마루 괘종시계는 무거운 추를 내려놓은 지 오래
연도를 알 수 없는 찢어진 달력엔
'농자천하지대본農者天下之大本' 이 펄럭이고 있다

뒷덜미를 잡아당기듯,
제집인 양 늘어지게 하품을 하는 늙은 도둑고양이에게
빈집은 고스란히 방 한 칸을 내어놓는데
헌옷처럼 벗어놓고 빠져 나온 그때처럼
담장 너머 바람에 흔들리는 낮달
낡은 사연 저무는 그 속에
나도 쓸쓸한 풍경으로 스며든다

대낮의 정사

암사마귀 품에 잠긴, 숫사마귀 망막 속 별이 맺혔다 스러진다. 사방이 고요하다 다리가 풀린다 힘없는 눈물 볼을 타고 턱밑으로 목덜미로 흘러내린다 스르르 닫히는 눈꺼풀 구름 위를 걷고 있다 벌건 대낮 한생이 다른 한생을 서술하는데 걸리는 시간, 그 정사의 끝, 암사마귀 눈 아직도 아린 그 입술 더듬고 있다 숲 사이로 비치는 햇살 잠시 머물렀다 가는 생이 적막을 입는다 어두워진다

| 해설 |

시인의 운명과 시로 가는 길

권순진 시인

가끔 겪는 일이지만 첫 시집의 원고만 받아놓고서 해설은 손도 대지 못하고 오랫동안 꾸물거렸다. 내 게으름 탓도 크지만 작품들을 읽으면서 많은 생각들이 스쳤다. 새삼 내가 해설이란 형식으로 시집의 뒷부분에 글을 붙일 깜냥이 될까 하는 자격지심에서부터 쓸데없는 말을 끌어넣어 오히려 누를 끼치면 어쩌지라는 걱정까지 번뇌가 떠나질 않았다. 전여운 시인을 처음 만난 건 5년 전 대구MBC 문화센터 시 창작 교실에서였다. 어쩌다 정말 가당찮게도 1년 가까이 창작 강의란 걸 했었다. 그래 봤자 시를 놀이 삼아 노닥거리는 시간이겠는데 귀한 시간을 내어 멀리 포항과 경주 등에서 찾아와 함께 공부한 사람도 있었다.

지금 생각하면 자괴감에 얼굴이 화끈거릴 지경이다. 그

때 전여운 시인이 생애 처음으로 시를 배우기 위해 창작교실을 노크했던 것이다. 당시 개별 수준을 가늠해보기 위해 과제물로 제출받은 습작을 보면서 소싯적부터 시에 대한 정성과 사랑이 지극했음을 단박에 느낄 수 있었다. 세 수의 정형시조 형식을 띤 '첫사랑'이란 작품에서 그야말로 오랜 세월 첫사랑 같은 시를 가슴 속으로만 부여안고 동경했음을 알아채게 되었다. 나와는 동년배이기도 한 시인과의 인연이 그리 얕지 않다고 생각해 첫 시집의 발문을 덜컥 수락했지만 참으로 난감했다.

시인되기보다 시 쓰기가 더 힘들다는 말이 있고 거꾸로 시 쓰기보다는 시인되기가 더 어렵다는 말도 있다. 어쨌거나 시인되기도 어렵고 시 쓰기도 쉽지 않다는데, 지금 세상은 시인되기도 시 쓰기도 그리 어렵지 않아 보인다. 시인이 되기 위한 소양이 따로 있거나 까다로운 자격이 필요한 것은 아니겠으나 시심을 지니지 않고 시인이 될 수는 없으리라. 시심은 시와 사물을 대하는 마음이다. 섭리대로 사물을 바라보는 정직한 시선이라고 할 수도 있다. 시인은 세속적인 총명함과는 거리가 멀다. 부나 권력을 도모하거나 허세를 부리기 위함도 아니다. 시인이 되는 것은 삶의 실체를 파악하고 성찰하면서 살아가기 위한 방편이다.

그러므로 시인이란 삶을 사랑하고 경외하며 삶과 진실한 관계를 맺는 사람이어야 한다. 전 시인의 작품을 일별하면서 나 자신 그의 시심에 한참 미치지 못하는 것이 아닐까 하는 의심과 함께 자괴감에 빠져들었다. 겉으로는 첫 시집을 그리 서두를 이유가 있겠냐며 짐짓 좀 더 높은 수준의 작품성을 요구하기도 하고 퇴고에 신경을 쓰라는 주문을 하면서도 내심 그의 시에 대한 열정, 사람에 대한 진정어린 애정을 동반한 시심에 야코가 죽지 않을 수 없었다. 더구나 '아는 것은 좋아함만 못하고, 좋아함은 즐기는 것만 못하다' 는 말도 있듯이 진즉 누구보다 시를 즐길 줄 아는 시인임을 알기에 더 이상 머뭇거릴 수가 없었다.

시를 매개로 삶을 즐기고 성찰하는 시인의 모습이 참으로 미더웠다. 어쩌면 그는 시를 쓰기 시작하면서 더 많은 타인을 자신의 가슴으로 들어오게 하고 그만큼 세상을 넓게 보았을지도 모른다. 그의 시선은 긍정과 부정을 동시에 발화시키는 상황에서 더욱 빛을 발한다. 아직은 사물과 현상을 읽어내는 시선의 구체성과 심오함이 다소 부족하게 느껴지지만 이만한 시인의 감수성과 역량이라면 충분히 장차를 기대해도 좋으리라 조심스레 낙관한다. 그리고 전여운 시인을 보면 가정을 통해 삶의 여유를 즐길 줄 안다는 것이 얼마나 큰 행복인지를 생각하게 한다. 그의 시 몇 편에 좀 더 가까이 다가가는 것으로 해설의 짐을 벗고자 한다.

시화공단 삼거리 새벽 풍경은
누우 떼 마른 울음 낮게 깔리는 세렝게티 평원을 방불케 한다

우르르 쏟아지는 회색의 노동자들
초점 잃은 멍한 눈 앞사람 꽁무니를 좇아간다

방조제防潮堤너머로 갯내음 따라오면
되새김질하던 늙은 누우의 기억된 신음처럼
물안개 따라 젖어 드는 고향 생각
밤새 퍼 올린 술에 퉁퉁 불은 얼굴로
서로 안부를 주고받는다

초원의 검은 행렬인 양 길게 늘어진 그림자
묵묵히 땅만 보고 걷는 노동자들은
온종일 서서 밤샘작업까지 하여도
주머니 속 캄캄한 어둠은 가시지 않고

새끼 잃을 걱정도
어미 잃을 걱정도 잊은 채
앞선 놈 꼬리 물고 죽자사자 달려가는 누우 떼처럼
고향땅 밟을 생각으로 앞만 보고 가는
힘없는 발자국들 스모그에 묻히지만

어둠이 걷혀가는 시화공단 새벽녘
먹먹한 그리움만 불새처럼 떠오른다

-「새벽, 누우 떼처럼」 전문

세렝게티 초원에 사는 누우 떼는 건기가 되면 먹을 것이 풍부한 새로운 초지를 찾아 수백만 마리가 무리를 지어 대이동을 감행한다. 가끔 '동물의 왕국' 같은 영상으로 강을 건너는 장관을 목격하는데 실로 목숨을 건 여행이라 아니할 수 있다. 허기에 지친 누우 떼들은 악어들이 우글거리는 걸 알면서도 그 강을 건너야 한다. 강에 포진한 바글바글한 악어들에 의해 어느 순간 잡아먹힐지 모르고 자칫 헛발을 짚기라도 하면 자신의 육신이 찢겨 피로 물들 수 있음을 잘 알지만 '앞 선 놈 꼬리 물고 죽자 사자 달려' 갈 도리밖에 없다.

누우 떼가 강을 건너는 이 광경은 다른 시인들에 의해서도 포착되어 시로 형상화된 바 있다. 하지만 '시화공단 삼거리 새벽 풍경' 과 겹쳐서 비유의 각을 세운 것은 새로운 시도이며 이는 공단 노동자들의 삶을 더욱 처절하게 인식토록 한다. 물론 이러한 관계적 사고가 얼마나 합당한지는 독자들이 느끼는 공감의 성취 정도에 달려있다. 처지에 따라서 그들의 어깨가 축 처져있다고 생각하는 사람이 있고 그렇게 보지 않는 사람도 있을 것이다. 하지만 수백 개의 표정들은 이상하리만큼 지루하게 똑같다. 저임금과 장시간 노동, 고용 불안정으로 인한 미래 불안의 삼중고는 여전한 그들의 현실이다.

'우르르 쏟아지는 회색의 노동자들' '묵묵히 땅만 보고 걷는 노동자들' '초점 잃은 멍한 눈 앞사람 꽁무니를 좇아가' 는 모습은 영락없는 세렝게티 평원의 누우 떼들이며 그들이 강을 건너는 모습이다. 거듭되는 시련과 응전을 겪으면서 쌓인 이력들이 생의 유연한 탄력으로 작동되어 삶의 갱신이 되었으면 좋겠지만 현실은 그리 녹녹치가 않다. 숙명인 양 '힘없는 발자국들' 은 차라리 도에 이르는 과정처럼 숭엄하다. '스모그' 가 걷히며 또 하루가 가고 일 년이 가고 통째로 생이 지나간다. '고향' 으로 상징되는 낙원은 언제나 눈앞에 펼쳐질까.

버스들이 토해내는 시끄러운 방귀소리
이 집 저 집 쑤셔대며 중턱에서 꽉 찬 배를 움켜쥔다
더 이상 오를 수 없다고 퍼질러 앉은 그곳

두 발로 오르면 벌건 대낮에도 노오란 별이 뜨는 백팔십구 계단
덩치 큰 사내라도 만나면 눌린 오징어같이 벽에 바짝 붙어야 지나갈 수 있는 골목,
땟국물 줄줄 흐르는 버리고 싶은 내 단발머리

밤새도록 끙끙거리다 별빛이 사그라질 때쯤
가득 찬 오줌통 비우러 간 공동변소 앞은 벌써 시장통
어둠 틈타 술주정뱅이들 오줌 갈겼던
허름한 회벽엔 의미 모를 산수화가 그려져 있고
때맞춰 까닭 모를 울음보 터트리는 아이도 있었지

루핑 깐 판자 지붕에서 흐르는 콜타르 냄새가 싫은,
허리도 펴지 못하는 다락방
혼자만의 왕국에서 콧구멍만한 틈으로
감천 앞, 바다갈매기에 꿈을 실어 보내곤 했지

첫닭이 울기 전,
자갈치 시장 고기 주우러 간 엄마 발자국 소리
중풍으로 쓰러진 아버지 울음 피해
탈출할 수 있는 나이를 손꼽으며
교문 열리기 전에 학교로 냉큼 달아났던

아직도 벗어나지 못한 꿈을 어린 왕자 이야기로 담아 내는 곳
생각만 하여도 별빛 눈물 흐르는 내 고향 감천동

-「마추픽추의 꿈」 전문

시를 체득하는 경로는 여러 유형이 있다. 시에서 체험과 상상은 기본적인 요소다. 오감을 동원한 직접적인 체험이나 다른 사람의 경험, 미디어 매체를 통해 얻은 간접 체험까지 모두 체험의 범주에 있고, 그 체험을 바탕으로 한 상상력에 의해 시의 감정이 빚어진다. 그렇기에 여행과 독서 또는 남의 이야기, 세상의 숱한 흥미로운 경험들이 모두 시를 쓰게 한다. 체험을 통과하여 상상이 접목된 시는 언어의 공간에서 무한대로 펼쳐져 무궁한 감동의 세계로 독자를

이끌어간다. 사실적인 묘사와 더불어 사물을 다르게 보는 독특한 시인의 눈이 동시에 요구된다.

실제로 시인의 고향이 부산은 아닌 것으로 안다. 만약 그렇지 않다면 이 시는 '시적 화자'를 등장시켜 대상을 객관화하여 관찰한 작품이라 할 수 있다. 어느 경우이든 시는 '생의 한 국면을 환기하는 의미'를 불러일으키는 데서 출발하지 않으면 안 된다. 어떤 현상이든 물상이든 풍경을 대상으로 하였든, 그것이 내게 불러일으킨 감동이 무언지를 표현하여야 한다. 시인은 이 시를 통해 과거 우리 이웃들의 고단한 삶을 사실적으로 그려내고 있다. '자갈치 시장 고기 주우러 간 엄마 발자국 소리' '중풍으로 쓰러진 아버지 울음 피해' '탈출할 수 있는 나이를 손꼽으며 교문 열리기 전에 학교로 달아났던' 어린 시절의 '나'를 회상한다.

'감천동'은 1950년대 신앙촌 신도와 전쟁 피난민의 집단 거주지로 형성되어 지금에 이르기까지 부산의 역사를 그대로 간직한 곳이다. 산자락을 따라 제법 질서정연하게 늘어선 계단식 집단주거형태와 파스텔 톤의 지붕들, 모든 길이 통하는 미로의 골목길은 마추픽추를 연상케 하면서 독특한 경관을 보여주고 있다. 이곳에 '별 보러 가는 계단'이 있다. 무거운 짐을 지고 가파른 계단을 오르다 문득 뒤돌아보면 현기증으로 눈앞에 별이 보인다고 해서 지어진 이름으로 어려웠던 시절의 아픔이 담긴 곳이라고 한다.

지금은 갤러리와 북 카페가 있고 군데군데 설치미술도 있어 '감천문화마을'로도 불리지만 시인은 그보다도 이면의 어두운 역사가 먼저 눈에 들어왔던 것이다. 어쩌면 문화를 빙자한 감성팔이가 못마땅했는지도 모르겠다. 그래서 시인에게 의미 있는 생각과 '생의 한 국면' 이 한참 동안 그곳에서 서성였던 것이다. 자신의 사연인 양 '아직도 벗어나지 못한 꿈' 을 생각하며 타인의 밝은 얼굴 뒤에서 몰래 '눈물 꽃' 을 흘렸던 까닭도 자기만의 삶을 일깨우는 하나의 방식이었으리라.

꿈꾸면 되는 줄 알았다

또박또박 눌러 적은 꿈
주머니에 구겨 넣고
도망치듯 고향을 떠나올 때
귀 떨어지게 매서운 겨울밤

외로운 울 아버지 포근하게 주무실
따스한 솜이불 한 채 사 들고
햇살 환한 대낮 사립문 활짝 열고 싶었다
그때 팔아버린 다락논 한 마지기
옥답 스무 마지기 거뜬히 사서 으스대며
아버지께 큰절 올리고 싶었다

꿈꾸면 되는 줄 알았다

연줄이라곤 가는 거미줄조차 없는 회색 도시,
새벽이슬 맞으며
넘어지면 다시 일어나
앞만 보고 가면 되는 줄 알았는데
반지하 월세방 한 칸 구하지 못하고
공사판 이리저리 낙엽처럼 굴렀지

오늘도 함바집 바람벽에 기대
이슬 젖은 갈비뼈를 튕기며
한 줄 한 줄 접혀진 꿈 꺼내어
웅웅거리는 먼지를 털어낸다

-「함바집 바람벽에 기대어」 전문

역시 회색빛 도회의 암울하고 헐벗은 풍경이다. 엄밀히 말하면 시인 자신의 곤궁한 처지는 아닌 것 같다. 시인이 이러한 풍경들을 그냥 무심히 지나치지 못하는 이유는 무얼까. '꿈꾸면 되는 줄 알았'는데 바람대로 되지 않고 '함바집 바람벽에 기대어' '웅웅거리는 먼지를 털어내는' 소시민의 삶이 바로 내 가족과 이웃의 모습이고 나와 무관치 않은 둘레의 이야기이기에 쉽사리 눈을 떼지 못하는 것이다. 이는 삶이라는 험난한 세파에 닳아가는 인간의 실상이며 누구라도 언제든지 겪을 수 있는 생의 단면이기 때문이다.

'도망치듯 고향을 떠나올 때' 아버지에게 드릴 '따스한 솜이불 한 채 사 들고 햇살 환한 대낮 사립문 활짝 열고 싶었' 건만 아무리 꿈을 꾸고 '넘어지면 다시 일어나' 봐도 뜻대로 되지 않는 게 삶이라는 무대이다. 물론 지금처럼 국민소득 3만 불을 코앞에 둔 시대에 이러한 남루를 보편타당한 정서로 이해하기는 어렵다. 하지만 시인은 그 빛에 가려진 그늘에서의 헐벗은 군상들을 외면하지 못하는 것이다. 이 겨울 새벽 인력시장에서 하루 품을 팔기 위해 초조한 얼굴로 서성이며 발을 동동 구르는 일용직 노동자들 가운데는 일감을 얻지 못해 돌아서야 하는 사람도 적지 않다.

힘겨운 하루하루를 보내는 일일 근로자들의 애환을 담은 이 시에서 전여운 시인의 사실적인 관찰은 객관적인 시선이라 아니할 수 없다. 그러한 시인의 시선에는 기본적으로 인간을 향한 애정과 믿음, 그리고 희망을 담고 있음을 의심할 여지가 없다. 생계로 허덕이고 좌절하고 욕망하는 것은 인력시장의 '한 대가리' 하러 나온 사람들뿐만 아니라 보통 사람들의 일상적인 모습이다. 삶의 곤고함과 남루함은 인간이라면 누구라도 한때 짊어졌던 등짐이거나, 또 훗날 언제라도 닥쳐올지 모르는 불안한 미래일 것이다.

다음에 붙이는 같은 맥락의 작품 「국밥 한 그릇」에서 시인의 사실적인 관찰이 구체화되면서 풍자와 해학이 잘 녹아들었고 사유도 깊어졌다. 이를테면 민중의 삶을 우리의 삶으로 인식해 내려고 하는 기미가 보인다. 그렇다고 보면 시인의 관심과 사유는 앞으로 확장되어 좀 더 다양한 사회적인 문제에 대해 시심이 투영되고 목소리를 낼 수 있으리란 전망도 가능하겠다.

원고개시장 가마솥 국밥집 앞 인력시장
구멍 숭숭 난 드럼통에 기세 좋게 타오르던 불길 사그라지고
느릿느릿 기어오른 해가 중참 먹을 때를 가리키지만
오늘도 팔리지 못한 그
가마솥 곁에 쪼그려 앉아있다

회사가 문을 닫아 거리로 나선 지 벌써 3년
한 달에 스무 대가리는 채우며
막일꾼치고 성실하다는 말도 무성했는데,
아파트 신축 현장에서 떨어지는 벽돌에 맞아 죽은 동료 몸
값이
안전모를 쓰지 않아 갯값이라는 말에
현장 소장 멱살을 흔들어 블랙리스트에 오른 그
가마솥에 들어간 개고기마냥 영 보이지 않았다

"아빠 어딜 가?"
놀러 가자고 보채는 아들 녀석에게
"한 대가리 하러 간다" 대답한 후론
아버지 직업을 '대가리 공장에 다님' 이라고 적었다는
새벽 집 나서는 뒤통수에 던지는 아내의 물기 젖은 목소리

그 한 대가리도 못 한 지 벌써 달포가 넘어

가마솥 펄펄 끓어오르는 뭉게구름으로 바짝 마른 위장을 달래보는데
"보이소 전 씨, 뜨뜻한 국밥 한 그릇 하고 설거지 좀 거들어 주이소"

환청처럼 들리는 국밥집 아줌마 걸걸한 목소리
오늘따라 부처님 말씀 같다

-「국밥 한 그릇」 전문

외풍이 제집처럼 드나드는 고향 집
하룻밤이라도 묵어본 사람은 안다

윗목에서 뜨개질하던 누나의 시린 콧등 아래
아랫목 막냇동생 까발리진 엉덩이가
원숭이처럼 발갛게 달아오르는 겨울밤
새앙쥐 삐걱거리는 문 사이로 들락거리고
바람은 벽 틈으로 도란도란 얘기 엿들으며
달빛은 밤새도록 창호지에 얼굴을 부빈다

까치 퍼드덕거리는 마른 가지 사이로
까까머리 아이들, 몇 개 남지 않은 홍시를
낚으려 장대를 높이 들고
늘어진 속옷 사이 축 처진 젖가슴이 보여도

남사스러울 게 없는 할무이
곰방대 피워 물고 앉은 툇마루
주렁주렁 달린 곶감 한 줌 햇살이 반갑다

해 질 녘 동구 밖 긴 목 빼고 기다리는 어무이
기별 없는 아부지 안부에 눈물짓던 그곳

이젠 개망초 그득한 마당엔 바람만 휘돌아나가고
밤이면 달과 별이
버려진 고무신 뒤를 졸졸 따라다니고 있다

-「버려진 고무신」 전문

시인의 작품에는 유난히 '고향' 이란 낱말이 자주 등장한다. 현실의 상처와 피곤을 보듬어주는 모성적 공간으로 기능하기 때문이리라. 누구나 고향에 대한 추억과 각별한 기억이 있어 '고향' 이란 우리 모두에게 무형의 재산이자 얼마간 부채이기도 하다. 특히 어린 시절의 고향을 떠올릴 때면 그 정경들이 아련해지면서 때 묻지 않은 순수로 돌아간다. 시에서 보여주는 서정적인 기억의 산물들은 누구나 겪었음직한 에피소드들이다. 어릴 적 추억들이 고스란히 간직된 고향 집에는 '어무이' '아부지' '할무이' '누나' '동생' 가족들이 총출동하고 '새앙쥐' '바람' '달빛' '곶감' 따위도 모두 '버려진 고무신' 짝에 담겨있다.

'외풍이 제집처럼 드나드는 고향 집'에 대한 유년의 그리움은 예순 중반의 시인에게도 '버려진 고무신'과 함께 생생하게 남아있다. 그 회억은 언제나 '망초 그득한 마당'에 바람처럼 서성인다. 그것은 고향에 대한 갈망과 향수이면서 현대인이 잃어버리기 쉬운 순수에 대한 사유의 아쉬움을 토로하는 것일지도 모르겠다. 느긋하게 고향의 정경과 소통하면서 '나'를 찾기 위함일 수도 있겠다. 첫 시집에서 고향을 기점으로 서정의 문턱을 넘는다는 것은 자연스러우며 의미 있는 일이다. 꼭 귀거래사를 염두에 두지 않았더라도 몸으로 체득한 고향의 모음이란 어쩌지 못하는 노릇 아닌가.

고비사막에 어둠이 내리면
끝 간 데 없는 지평선 위로 별들이 쏟아지고
바람 한 점 불지 않는 모래 능선에
수많은 얼굴들이 나타났다 또 사라진다

길 잃은 낙타의 뒷발이 꺾이면
들쳐 맨 물주머니가 어깨에서 떨어지고
초사흘 낮게 걸린 달이 휘어지고 있다

서 있는 모든 것들을 용서하지 않는 사막
사구 너머로 사라지는 별똥별들의 주검을 떠올리며
마지막 별빛을 쪼일 때까지

그들을 위하여 휘파람을 불어주고 싶다
눈을 감고
귀를 닫고
저 낙타 무리 속으로 들어가

또다시 새벽이 건너올 때까지
눈물이 마르지 않게 노래를 불러야겠다

-「고비사막에 어둠이 내리면」 전문

지난여름 무렵 전여운 시인이 고비사막 여행 중이란 소식을 들었다. 여름철 인기 여행지라지만 왜 하필 고비사막이었을까. 무엇을 보려고 했고 체험하고자 했을까. 사막은 두 종류가 있다. 하나는 砂漠이고, 다른 하나는 沙漠이다. 일반적으로 많이 사용하는 砂漠은 사하라사막과 같은 곳을 표기할 때 쓰는데, 한자를 풀이해서 읽어보면 돌(石)이 적은(少) 곳을 지칭하는 말이다. 돌은 찾아볼 수 없고 온통 모래로만 형성된 땅이라는 뜻이다. 그러나 고비사막은 沙漠이라 표기한다. 물(水)이 적은(少) 땅이란 뜻이다. 몽골의 남부에 위치한 고비사막은 한자 표기처럼 모래사막이 아니다.

유목민들은 물이 적어서 풀이 자라지 않는 지역을 통칭해서 '고비'라고 부른다. 고비가 곧장 사막이란 뜻이다. 고비에서도 유목 생활을 할 만큼의 최소한의 풀들은 자란다. 물이 부족한 탓에 오히려 생명력이 강인한 식물들을 볼 수 있다. 물론 사막이니만큼 사구(砂丘)와 하얀 모래 산도 있다. '고비사막에 어둠이 내리면 끝 간 데 없는 지평선 위로 별들이 쏟아' 진다. 모래 속에 숨겨졌다가 나타나는 공룡화석들, 가젤이나 산양 같은 야생동물들이 뛰어와 자동차에 부딪히고 '길 잃은 낙타의' 뒷발이 꺾일 때 '달이 휘어지'는 모습을 목격할 수 있는 고비사막은 세상에 둘도 없는 여행지임이 틀림없다.

고비사막이 가진 최대의 매력은 게르 위로 쏟아지는 별들과 환상적인 은하수, 모래 능선을 가로질러 가는 낙타의 행렬이다. 그리고 그 모래 능선에서 점점이 그리운 이름들을 호명한다. 시인은 '그들을 위하여 휘파람을 불어주' 기 위해 '눈을 감고 귀를 닫고 저 낙타 무리 속으로' 섞여 들어간다. 고립무원의 사막에 고독하게 내던져진 상황이지만 희한하게도 고비는 미지의 세계를 넘보고 싶은 도전의욕을 촉발시킨다. 망망대해 같은 천혜의 담장 안에서 '또다시 새벽이 건너올 때까지' '눈물이 마르지 않게 노래를' 부르고 싶은 것이다. 별빛을 나침반 삼아 남으로 향할 때 수많은 그리운 얼굴들이 나타났다 또 사라진다.

늦은 밤 얼어붙은 길거리 포장마차에서 뜨거운 어묵 국물
후후 불며 홀짝홀짝 마시면
오그라들었던 언 몸이 녹는다

국물 몇 모금으로 몸이 사르르 풀리는 걸 보면

저 속에 무슨 비결이라도 숨겨두었을 것 같아 살짝 냄비 속을 기웃거려보니 다시마 한 올, 무 두 조각, 디포리 서너 마리, 파 다섯 쪽이 제 몸을 우려내면서 온종일 서로 어울리고 있다

저 작은 것들조차 제 한 몸 아끼지 않고 알몸까지 내놓는데.

엊저녁 구겨진 몸 고무튜브로 칭칭 동여맨 채 질퍽하고 분답한 시장 바닥을 온몸으로 기어가던 사내의 찢어진 난파선이 생각났다

그가 던지는 핏기 잃은 눈망울에 고개를 모로 돌려
허공에 매달린 교회 첨탑만 쳐다본 내 자신이 화끈거리는 겨울밤, 양은 냄비 속 펄펄 끓는 어묵 국물이 뭉게구름을 허공으로 퍼 올린다

-「어묵 국물」 전문

'포장마차' 는 도회의 주변부 삶의 애환을 상징하는 장소적 특성을 갖고 있다. 따뜻한 우동 국물이 절로 생각나는 포장마차의 계절이다. '어묵 국물' 도 마찬가지다. 시인은 '몇 모금으로 몸이 사르르 풀리는' 어묵의 국물 맛을 내는 비결이 궁금했다. 들여다봤더니 '다시마 한 올, 무 두 조각, 디포리 서너 마리, 파 다섯 쪽이 제 몸을 우려내면서 온종

일 서로 어울리고' 있음을 알았다. 세상의 온기도 그와 같아 작은 관심과 어우러짐으로 세상이 데워지고 굳건히 떠받혀짐을 깨닫는다. 그래도 아직까지는 온정이 살아있는 세상이다.

프랑스 경제학자 자크 아탈리는 세계화로 인한 문제를 해결할 대안으로 '형제애의 유토피아'를 제안했다. 이는 남을 행복하게 하는 데서 자기의 행복을 찾는 유토피아이며, 자유나 평등의 유토피아를 추구하는 시장주의나 민주주의와는 달리 '형제애'라는 도덕적인 의무를 기초로 하는 유토피아이다. "형제애를 가장 넓은 의미로 정의하면, 과거에 살았거나 지금 살고 있거나 미래에 살게 될 모든 존재의 행복에서 기쁨을 찾는 것이라고 말할 수 있다. 모든 타자를 대상으로 하는 보편적 이타주의, 그것이 바로 형제애이다."

고전적인 개념에 따르면 형제애란 '모든 사람이 내재적인 경쟁심을 잊고 서로 돕고 사랑하며 서로의 차이와 욕구를 용인하고 남의 성공에 기뻐하며 남의 행복을 자기의 행복으로 받아들일 수 있게 하는 조건들의 총체'로 규정할 수 있다고 한다. 결국 형제애는 '남의 행복에서 기쁨을 찾고자 하는' 타자 지향적 삶의 태도이며, 자본주의와 시장 경제의 무한 경쟁이 추구하는 제로섬 게임과는 달리 서로가 상대의 성공을 필요로 하는 넌 제로섬(non-zero-sum) 게임이나 윈윈(win-win) 게임을 추구하는 이념이다.

이러한 형제애를 기반으로 한 공동체는 '주는 사람이 행복할 뿐만 아니라 받는 사람이 모욕을 느끼지 않는 방식'을 가능하게 하여 진정한 파트너십으로 뭉쳐진 사회가 될 수 있다. 많은 미래학자들도 '미래사회는 이타주의자들이 지배할 것'이라고 내다봤다. 그렇다고 자기 것을 마구 퍼주는 형식이 아니라 소통하며 서로에게 예의를 차릴 만큼의 소박한 윤리관을 요구하는 것이다. '시장 바닥을 온몸으로 기어가던 사내의 찢어진 난파선'을 외면하지 않고 그저 온기를 나누는 정도면 된다. 그것이 '교회 첨탑'을 올려다보는 것보다 세상을 구원하고 희망의 불씨가 꺼지지 않는 미래를 준비하는 일일 것이다.

24시간 불 밝힌 편의점
표정이 없다
표정 없는 사람들이 들어와 물건을 고르고
표정 없이 셈을 치르고 나간다

24시간 불 밝힌 편의점
사무치는 것이 없다
찌개를 끓이고 나물을 무치고 기다려야 할 것들이 없다.
낱낱이 처리되어 쉽게 먹을 수 있는 삼각 김밥처럼
혼자 먹고 혼자 자는 사람들을 위한 그리움은 없다

24시간 불 밝힌 편의점
기념일이 없다
갖고 싶었으나 사지 못했던 물건을 살 수 있는 운 좋은 날이나

연인의 선물을 고르는 설레는 날이나
아이의 웃는 얼굴을 그리며 얇은 지갑을 여는
행복한 날이 없다

24시간 불 밝힌 편의점
기다림이 없다
물을 부으면 3분 만에 먹는 컵라면
전자레인지를 돌리면 금방 뜨끈해지는 즉석밥,
담배 한 갑, 맥주 한 캔, 김밥 한 줄처럼
지금 당장 입에 넣을 것들밖에 없다

24시간 불 밝힌 편의점
표정,
사무침,
기념일,
기다림이 없다

-「24시간 편의점-도시의 얼굴 1」 전문

'24시간 불 밝힌 편의점' 역시 회색 도시의 한 단면을 극명하게 드러내 보여주는 기재이다. 1인 가구의 꾸준한 증가와 '혼밥 문화' 확산으로 편의점 도시락이 인기를 끌고 있다. 편의점 도시락으로 혼자 밥 먹는 문화가 마치 유행처럼 번지고 있다. 예전에는 혼자 밥 먹는 것을 부담스러워하고 눈치를 보기까지 했는데 지금은 전혀 그렇지 않다. 우리에겐 식구들이 빙 둘러 서로 얼굴을 보고 도란도란 이야기를 나누며 밥을 먹는 것이 오랜 전통적인 모습이었는데 이것이 깨져버렸다. 더구나 편의점 도시락은 조리에 소요되는 시간을 기다릴 필요도 없이 즉석이다. 24시간 편의점엔 기다림이 없다.

더욱이 요즘은 어머니의 손맛이니 어머니가 해주신 따뜻한 밥이니 하는 표현을 잘못 쓰면 자칫 '봉건적' 이고 '남녀불평등' 을 조장하는 사람으로 내몰릴 수 있는 험한 세상이다. 심지어 '여성 노동력 착취' 와 같은 고약한 말을 듣게 될지도 모른다. 편의점엔 웬만한 물건은 다 있는 소비재의 왕국처럼 보이지만 '표정' 도 '사무침' 도 '기념일' 도 없다. '기다림' 이 없으니 '그리움' 도 없다. 우리가 산다는 것은 주어진 환경에서 삶을 영위한다는 뜻이지만 이러한 '도시얼굴' 은 삭막하고 가혹하기 그지없다.

분절된 시간 속에 우리의 삶마저 접혀지는 건 아닌지 우려가 없지 않다. 어린 시절 장에 간 엄마를 기다리고, 부엌에서 딸그락거리며 저녁이 되어가는 시간을 기다리던 우리 생의 시간적 국면들은 그저 처박혀도 무방한 것인지. 생의 기쁨은 이러한 기다림과 그리움의 행위 속에 내재된 시간의 관계성을 통해 발현된다고 믿는데 그대는 어떠신지.

이 글을 시작하면서 언급하였지만 전여운 시인은 오랜 시인의 꿈을 혼자 가슴 속에서만 추억처럼 품고 간직했던 사람이다. 그 꿈이 타자를 향해 열리고 감춰진 숨결을 드러내기 시작한 시간은 얼마 되지 않는다. 자기를 벗어나야 타자가 보이고 길도 보인다는 사실을 깨우친 것도 아마 이 시집을 준비하면서부터일 것이라 짐작된다. 그러므로 서툰 부분도 없지 않으리라. 또 그 서툰 것을 인정하고 얼굴이 붉어지는 과정도 통과해야 할 것이다. 마침내 감추어진 시심을 현현하고 정직한 시인으로의 새로운 여정은 지금부터라고 여겨야 하리라.

지금처럼만 늘 깨어있으면 시적 대상이라 할 사물과 사람이 새로운 모습으로 다가오리라. 그런 새로움이 시가 발화하는 지점이다. 세상은 이미 낡고 하늘 아래 새로운 것은 없다. 새롭게 보는 것은 깨어있는 자의 눈이 감당할 몫이다. 그때 시인은 사물과 세상을 창조하는 거룩한 존재가 되는 것이다. 시는 타성의 단면에서 벗어나는 지점에서부터 출발한다. 감상에 젖어 퉁퉁 부어오른 치기의 무게도 덜어내야 한다. 그러기 위해 끊임없이 몸을 뒤척이길 권한다. 그렇다고 결기만으로 좋은 시를 쓸 수는 없다. 진실한 삶에 천착하는 시인의 정신은 작품에서 솔직하게 드러나기 마련이다.

상처 없는 사람은 결코 먼 길을 떠날 수 없고, 이미 길을 나선 사람에겐 오히려 그 상처가 힘이 된다는 것을 나는 믿는다. 세상에는 가도 되고 안 가도 되는 길이 있지만 전여운 시인에겐 이로써 꼭 가야 할 길이 생긴 것이다. 이제 그 길이 시의 길임을 믿는다.